Margot
escargot

Barnabé
le scarabée

Huguette
la guêpe

Carole
la luciole

Mireille
l'abeille

César
le lézard

Léonard
le têtard

Merlin
le merle

Oscar
le cafard

Lorette
la pâquerette

Luna
la petite ourse

Camille
la chenille

Solange
la mésange

Cyprien
le chien

Adrien
le lapin

Loulou
le pou

Prosper
le hamster

Grace
la limace

Ursule
la libellule

Gabriel le
lutin de Noël

Benjamin
Père Noël
du jardin

Georges le
rouge-gorge

Lulu
la tortue

théo
le mulot

Gallimard Jeunesse/Giboulées
Sous la direction de Colline Faure-Poirée
et Hélène Quinquin
Direction artistique : Syndo Tidori
Édition : Patricia Guédot

© Gallimard Jeunesse 2013
© Gallimard Jeunesse 2017 pour la nouvelle édition
ISBN : 978-2-07-507604-3
Premier dépôt légal : mars 2013
Dépôt légal : janvier 2018
Numéro d'édition : 332596
Loi n° 49956 du 16 juillet 1949
sur les publications destinées à la jeunesse
Imprimé en France par Pollina - 83313B

Roméo le crapaud

Antoon Krings
Gallimard Jeunesse Giboulées

C'est arrivé comme ça, un beau jour, comme par enchantement. Alors qu'il faisait sa sieste, Roméo fit un rêve et aussitôt après se réveilla en prince charmant. Enfin, c'est ce qu'il prétendait, car rien ne laissait deviner une métamorphose aussi subite, pas même un cheveu poussé à la va-vite. Non, vraiment, pour tous les habitants de la mare, Roméo restait le bon vieux crapaud qu'ils connaissaient depuis toujours.

Seule son épouse s'interrogeait : « Comment une telle idée lui est-elle venue ? Mais qui a bien pu lui mettre pareille sottise en tête ? » Au dire d'une rainette un peu pipelette, il fallait remonter à l'enfance du crapaud, quand sa nourrice lui racontait des histoires de fées malfaisantes et de princes en pénitence. Qui sait ? Peut-être la rainette avait-elle raison. On connaît les pouvoirs que peuvent exercer certaines lectures sur de jeunes esprits, ou de grands enfants comme Roméo.

– Autrefois, se souvenait Roméo, j'étais un jeune prince, très beau, richement vêtu de la tête aux pieds. Velours, satin, rubans de soie, une fine épée d'argent, un peu d'or au jabot. Je me rappelle aussi un carrosse dont j'étais très fier, des valets en livrées brodées, des dames de cour et des chasses à courre… « Songe ou mensonge, se dit alors madame Crapaud, voilà une histoire cousue de fils d'or. »

– Jusqu'au jour, continua Roméo, où une vilaine sorcière me changea en crapaud !

– Mais que me chantes-tu là, mon ami ? lui dit son épouse en éclatant de rire. Quelles balivernes ! Un prince changé en crapaud : on n'a jamais vu ça !

– Eh bien, désolé de te décevoir, fit Roméo, mais je suis la preuve du contraire ! Ça s'est vraiment passé ainsi. Malgré mon apparence, je suis un prince. Je le sens au plus profond de moi, que tu le veuilles ou non !

Madame Crapaud essaya de le raisonner, mais ce fut peine perdue. Roméo ne voulait pas comprendre.

– Si tu étais un peu sérieux, tu ne ferais pas tant l'intéressant, lui dit-elle avec une pointe d'agacement. Tiens, moi, l'autre jour, j'ai rêvé que j'étais une sirène. Eh bien, je ne suis pas là à éclabousser tout le monde avec mes nageoires et ma queue de poisson, en criant : « Je suis une sirène ! »

Comme Roméo s'entêtait, son épouse l'emmena voir Benjamin. Le lutin, qui conseillait souvent les petites bêtes dans l'embarras, eut une longue conversation avec le crapaud. Mais, bientôt lassé par ce dernier, il abandonna la partie en soupirant :

– Vous voyez ce qui arrive quand on est trop têtu : eh bien, on perd la tête !

Le docteur Moustique, consulté à son tour, en tira la même conclusion :
– Il est piqué… complètement piqué !
– Je suis un prince, que ça vous plaise ou non ! dit Roméo, avant de leur tourner le dos.

Dès lors, le crapaud s'abstint de parler à quiconque au jardin, y compris à sa femme. La pauvre le regardait se pavaner seul au milieu d'une cour imaginaire, la tête en arrière, si rengorgé qu'il en était ridicule. Ne sachant plus à qui se vouer, elle implora le ciel et ses bonnes fées. Carole la luciole fut la première à lui répondre :

– Eh bien, que vous arrive-t-il, madame Crapaud ?

– Ah, comme je suis malheureuse ! Depuis que mon mari se prend pour un prince, il regarde tout le monde de haut et ne m'adresse plus la parole.

– Ce ne sont pas les manières d'un prince charmant, répondit Carole. Mais je crois avoir ma petite idée sur la question...

– Vous voulez dire que je peux retrouver mon Roméo ?

– Oui, oui, mais je ne puis rien faire à distance.

– Eh bien, suivez-moi. Je vais vous conduire auprès de lui.

Une fois les présentations faites,
la fée effleura Roméo de sa baguette
magique et lui souffla quelques mots
à l'oreille… D'abord, le bonhomme
resta comme étourdi, puis il s'écria :
– Miracle ! Je suis un vrai prince !

Un prince certes, mais de loin le plus rabougri, le plus laid, le plus ratatiné de tous les princes ! À tel point que, quand il vit son reflet dans la mare, Roméo supplia la luciole de lui rendre sa bonne vieille peau de crapaud qui lui allait si bien.

– Qu'à cela ne tienne ! dit la fée. C'est l'affaire d'un moment !
En effet, elle n'eut qu'à inverser les mouvements de sa baguette magique, puis à réciter sa formule à l'envers, et tout rentra dans l'ordre. Roméo retrouva sa bonne vieille bouille, et madame Crapaud, son Roméo adoré.

Marie
la fourmi

Louis
le papillon
de nuit

Frédéric
le moustique

Marguerite
petite reine

Juliette
la rainette

Odilon
le grillon

Pascal
la ciga

Valérie la
chauve-souris

Benjamin
le lutin

Patouch
la mouche

Adèle
la sauterelle

Siméon
le papillon

Henri
le canari

Nora petit
de l'Opér

Noémie
princesse
fourmi

Gaston
le caneton

Victor
le castor

Pierrot
le moineau

Édouard
le loir

Pat
le mille-pattes

Belle
la coccinel

Bob le
bonhomme
de neige

Blaise
et thérèse
les punaises

Maud
la taupe